かぎ屋のロック

吉田陽子
Yoko Yoshida

けやき出版

かぎ屋のロック／目　次

第一章　ねがい

第二章　ささやかな日常

第一章　ねがい

はるじおん

もしも私が
言葉を持たなかったら
私は人を
傷付けなかっただろう

もしも私が
正直だったら
私は友を

失わなかっただろう
もしも私が
思慮深かったら
感情を
ぶちまけたりは
しなかっただろう
それでも私には
共に笑い

共に泣いてくれる
人がいる

愛することの
意味を
教えてくれる
人がいる

もしも私が
生まれかわったら

言葉を持たない
存在になろう

ただ芽ばえ
ただ花開き
種を宿し
枯れていくだけの
野の花になろう

だれにも

ふりむかれないけれど
だれかを
癒してあげられる
はるじおんになろう
もしも私が
生まれかわったら
もしも私が
許されるなら

たなごころ

人は
神様の
たなごころに
転がされている
まゆ玉のようなもの
祈りも悪事も
お見通し

ねがい

強くなりたい
愛する人を
信じるために
優しくありたい
愛する人を
受けいれるために

明るくいたい

いつでも明日を
迎えるために

自分の軸が
ぶれないように
自分で自分を
見失わないように
迷わぬように

こころのちから

こころをかばう
ということが
こころを
はぐくむことに
かわっていった

こころの傷が
いつしか

優しさに
かわっていった
強くなった
こころが
愛する人を
守るちからに
育っていった

話して

本音で
話して下さい
トウガラシのように
ピリリと
味のある
あなたの言葉で
話して下さい

耳に
心地良い言葉より
耳に
痛い言葉を
タコができるまで
聞かせて下さい

大人に
なるということは
本当のことを

言ってくれる人を
失っていく
ということ
なのですから

思いつくままに
話して下さい
あなたについて
語って下さい

あなたの人生について
教えて下さい

あなたと
同じ空気を
わかちあいたいのです

あなたの魂の声を
聞かせて下さい

わあっ

自分の無事を
喜んでくれる
人がいるって
幸せだね

おぼえていてくれる
人がいるって
うれしいね

偶然会って
わあって
手を握りあえる
そんな出会い
ばかりだったら
楽しいだろうね

いいね

「いいね」の
ボタンひとつで
友達になったり
別れたり
それでもそこに
生まれてくる
人との絆

第二章　ささやかな日常

かぎ屋のロック

かぎ屋さんの犬
名前はロック

ロックンロール？
オンザロック？
いやいや
かぎのロックさ

ロック
ロック
かぎ屋のロック
いけてるね

心の若さ

なくしたものを
ひとつひとつ
数えていくと
心が老いていく

今日は
こんないいことが
あったのよ

そんなことを
数える人生の方が
いい

よろこびが
よろこびをよぶのが
心の若さ
たおやかさ

だんご虫

だんご虫
だんご虫
ふまれる前に
だんご虫

戦わず
逃げず
ひるまず

言い訳せず
ただ自分の
身を守るだけの
だんご虫

人を傷付けず
人に傷付けられない
小さな命

たまねぎの命

たまねぎを
むいてみたら
中から
きらきらと
一つ一つの細胞が
光を発していた

今まで全く

気付かなかったが
このたまねぎの
命を頂くのだと
気付かされた

そしてその命を
私自身が
生かすのだと

認知症

二時二十四分の
時計の絵が
描けないと
認知症だって
医学的にはそうでも
あまりにも
その人の人生を
無視していませんか

問いかけてみたい
あなたは一生に
どれだけの苦労を
乗りこえましたかと

あなたはどれだけ
家族のために
尽くしましたかと

あなたはどちら

自分が好きだと
言い切れる人は
どうかどうか
そのままでいて下さい

自分が嫌いだと
言い切れる人とは
ひょっとすると

うまくいかないかも
しれません

基本的に
自分は好きだけど
困った自分も
いるんだという人
お友達になれそうです

はたらきあり

ありんこが
わき目もふらずに
歩いている
黙々と
自分の役割を
果たしている

私はといえば

つまらないことに
一喜一憂する
怠け者

はたらきありに
カツを
入れられて
今日も歩こう

大人の言葉

どうしても
伝えなければ
ならない言葉なんて
大人には
本当は
ないのかもしれない

たとえば

好きですと
口にしないからといって
その感情が
嘘ではないように
言葉にできない
こころこそが
大人の
真実なんだ

ひだまりの彼女

ひだまりのような
ひと
君が笑うと
みんなが笑う

ひだまりのような
優しさ
いつでも

そっと
よりそってくれる
君のぬくもり

ひだまりのような
記憶
母の腕の中のような
君との時間

幸せは

幸せは
どこにある
幸せは
ここにある
わかちあう
人がいるのが
幸せ

影が
あるからこそ
存在する
幸せという光

幸せは
いつも
心の中にある

故人

大切な人を失うたびに
人の優しさを知る
大人が大人にかけるべき
言葉を知る
故人はいつも
あなたのそばにいる
あなたを生かしている

第三章　挫折

ふりだし

ふりだしに
戻る
そんな
繰り返しだね

せっかく
手にいれたものを
失うたびに

ため息
ばかりだけど
めげない
めげない

君には
まだ
やるべきことがある

本当は？

じゃあ本当は
何がしたいのって
聞かれて
言葉のかわりに
涙がぽつりと
落ちた

やりたかったけど

できなかったことを
数えるだけで
自分の
やりたいことなんて
いつしか忘れていた

本当はこうやって
聞いてほしかったんだ

失った時間

転んでも
立ち上がればいい
だめなら
やりなおせばいい
恥かしくても
歩いていけばいい

時間の流れは

ひとりひとり
違うもの

失った時間を
嘆くよりも
今生きている
自分を
大切に

ルール

落ちこむことも
あるよ
裏切られることも
あるよ

でも決して
その人のことを

責めないことだよ
その人には
決して
しばられないことだ
簡単な
ルールじゃないか

事を成す

不安が
全くないなんて
嘘だ
本当は怖いんだ

それでも
自由を選んだら
周りの目なんて

気にするな

うまくいかなきゃ
たたかれろ
それでも
まだ続けていたのと
言われる頃には
君は事を成している

笑顔上手

毎日生きているだけで
誰もが
頑張っているんだ
誰にも人を否定する
権利はないんだ

格好がいい人
格好が悪い人

いろいろ
いるけど
その人なりの大変さを
抱えて生きている

大変な人ほど
実は
笑顔上手なんだよ

自分

自分を失うことの
こわさを知ろう
自分を
捨てることの
むなしさを知ろう

わがままなのは
生まれつき

人と歩幅を
あわせるって
疲れるんだよ

自分は自分
嫌われるぐらいで
ちょうどいい

希　望

明日が
今日より良い日に
なるとは限らないけど
まだ来ていない
明日には
希望がある

今日は

前に進めなかった
自分も
明日はきっと
一歩踏み出せる

今日も
だめだったなぁでも
希望は逃げないさ

良き人

誰からも
声がかからない時に
何気なく
電話をくれる人

誰とも
話したくない時に
距離を置いてくれる人

久しぶりに
会ったのに
色が変わらない人
昨日も会ったのに
話尽きない人

気が付けば
良き人ばかり

ひとりきり

ひとりきりに
なることは
こわいことじゃない
自分の中の井戸を
掘る時間なんだ
自分を生きなおす為の
時間なんだ

第四章　家族

財　産

声が大きくて
明るかったら
それが
親からもらった
財産だ

ありがとうと
ごめんなさいが

言えたら
気持ちよく
生きていけるんだ
独りで生きる力が
何よりもの
財産だ

坂

坂の多い
街で育った

急な坂を
母と
息を切らしながら
のぼった

夕日に
からすうりが
あかく
染まっていた

いつしか
私の方が
母の先を
歩くようになった

そしていつしか
母は
その坂を
のぼらなくなった
まるで
母という
車のわだちが
そこで
途切れたように

今
私は独りで
母の知らない
坂を
のぼっている
そして誓う
私の人生の
わだちは
自分が刻むのだと

大切な人

この人は
大切な人だと
いうことを
近いから
忘れる

かけがえのない
存在だということを

空気だから
忘れる

自分一人では
生きていけないことに
自分のわがままに
その人を失って
はじめて気付く

鉛筆

夫婦は
ちびた鉛筆に
似ている

手になじんで
何気なく
書き続けられると
錯覚するけれど

放っておくと
いつのまにか
書けなくなる

削る努力を
おこたらなければ
命尽きるまで
歴史を刻む

パートナー

あまりに長い間
パートナーで
あり続けた人について
ふと
考えなおすことがある

傷付けること
傷付けられることに

なれっこになり
同じ空気を
シェアすることに
息苦しさを
覚えながら
やっぱりこの人だと
かみしめるように
日々はすぎていく

プレゼント

あなたから
もらったものを
数えてみる

人を信じる心
いざという時
守ってくれる強さ

いつまでも
待ってくれる
優しさ
言ってはならない
最後のひと言を
飲みこめる愚直さ

あなたとの出会いが
私へのプレゼント

つばめ

つばめが
今年も
のきに
巣を作ったよ
大きな口をあけて
ひなたちが
えさを
ねだっているよ

ああ気を付けて
その辺フンだらけ
生きている
あかしだもの
今年もまた我が家に
春が来たよ

あとがき

かぎ屋さんの犬の名前がロック。そんなささやかな笑いが日常にはあふれている。生きているとつらいことも悲しいこともあるけれど、「吉田さんの詩で元気になった」という読者の皆様の声を聞くと、私も幸せの種を蒔きつづけようと思うのだ。

この詩集で、「こころの小旅行」を味わっていただければ幸いである。

公私にわたってアドバイスを頂いたけやき出版の皆様、家族、読者の皆様に心より御礼申し上げて結びとしたい。

吉田　陽子

初　出

「だんご虫」
産経新聞「朝の詩《うた》」（選者　新川和江）2015年10月11日

「大切な人」
産経新聞「朝の詩《うた》」（選者　新川和江）2016年 4 月29日

著者プロフィール

吉田　陽子（よしだ　ようこ）
昭和46年生まれ
茨城県日立市在住　詩人
頌栄女子学院高等学校卒
慶応義塾大学文学部卒
趣味は英語、音楽、腹話術、絵画

〈著書〉
「生きていこう」（日本文学館）
「続・生きていこう～茨城より」「あしたはれたら」
「踏まれてもなお」「がんばっぺ？」（以上　創栄出版）
「生きる約束」「最後のページ」（以上　けやき出版）

〈受賞歴〉
平成25年茨城県「介護の日」作文コンクールにて茨城新聞社長賞受賞
平成26年茨城県読書感想文コンクールにて茨城県議会議長賞受賞

〈詩画個展歴〉
平成25年３月　Vent-est-Bon　（日立市）
平成26年３月　Vent-est-Bon　（日立市）
平成28年１月　アートギャラリー・スペース緋彩　（日立市）

かぎ屋のロック

2016年６月１日　第１刷発行
著　者　吉田　陽子
発　行　株式会社 けやき出版
〒190-0023 東京都立川市柴崎町3-9-6 高野ビル１F
TEL 042-525-9909　FAX 042-524-7736
ＤＴＰ　ムーンライト工房
印　刷　株式会社 平河工業社

ISBN978-4-87751-559-1　C0092